U0060873

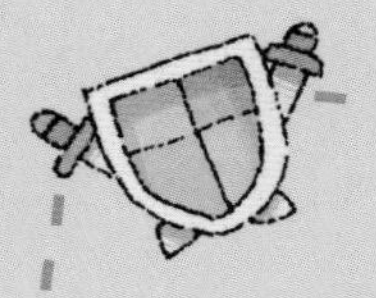
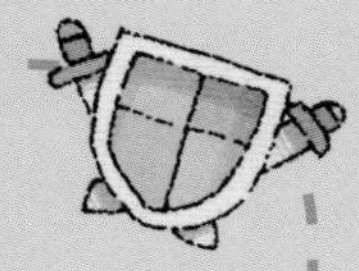

看故事學修辭 1

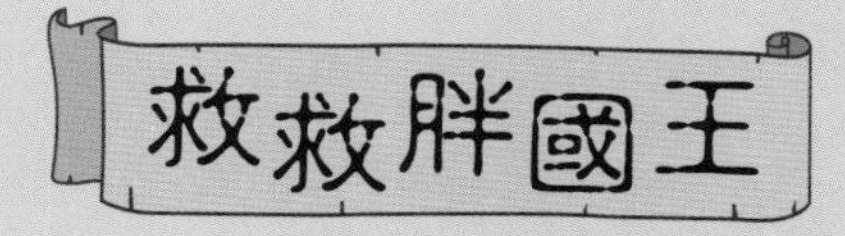

方淑莊 著

新雅文化事業有限公司
www.sunya.com.hk

看故事學修辭 ①

救救胖國王

作　　者：方淑莊
插　　圖：靜宜
責任編輯：劉慧燕
美術設計：李成宇
出　　版：新雅文化事業有限公司
香港英皇道 499 號北角工業大廈 18 樓
電話：（852）2138 7998
傳真：（852）2597 4003
網址：http://www.sunya.com.hk
電郵：marketing@sunya.com.hk
發　　行：香港聯合書刊物流有限公司
香港新界大埔汀麗路 36 號中華商務印刷大廈 3 字樓
電話：（852）2150 2100
傳真：（852）2407 3062
電郵：info@suplogistics.com.hk
印　　刷：中華商務彩色印刷有限公司
香港新界大埔汀麗路 36 號
版　　次：二〇一五年六月初版
二〇二〇年九月第六次印刷

ISBN: 978-962-08-6349-3

18/F, North Point Industrial Building, 499 King's Road, Hong Kong
Published in Hong Kong
Printed in China

目錄

序一

無論對學生還是家長來說，作文都是一件令人頭痛的事，原因是我們自小便沒有太多寫作的機會和訓練。但作文又是語文科最重要的部分，同學成績的高下，關鍵在於作文的表現，因為作文是語文能力的產出，看到一篇精彩的文章，老師大抵能相信學生在聽、說、讀方面的能力應該不會太差，因為「寫」是聽、說、讀三種能力的結合。

寫作需要天分，但也有一些具體的方法可以提升。方淑莊老師就用了一種非常有趣和特別的方法介紹不同的寫作手法和技巧，以增強文章的靈活性和趣味性。通常，坊間這類「工具書」都是較為生硬和沉悶的，但方老師創意無限，能巧妙地把這些手法故事化：在《看故

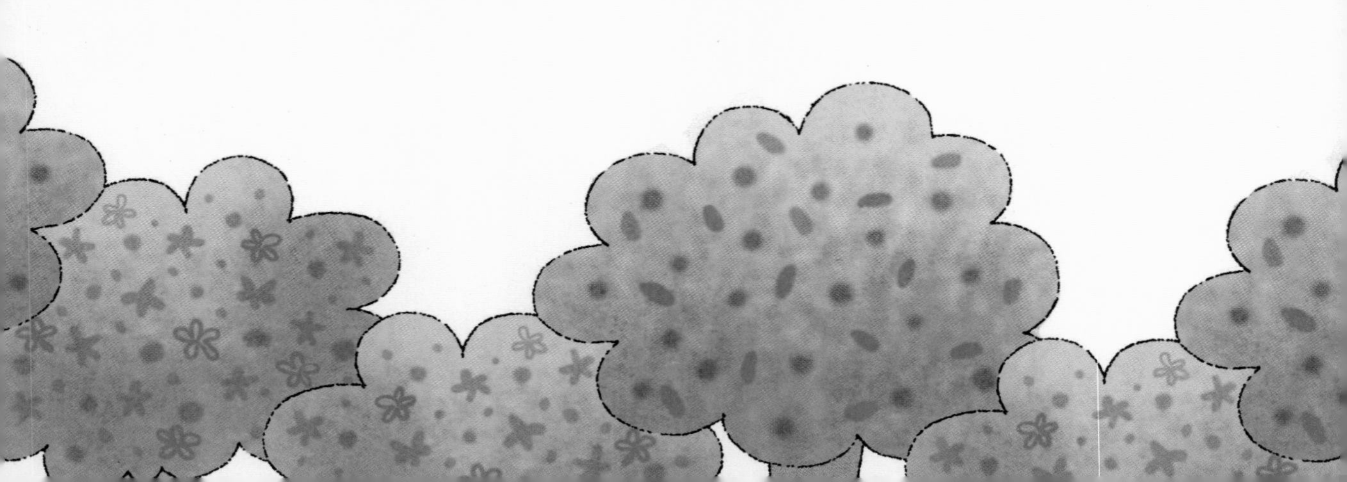

事學修辭》這套圖書中，透過沒記性的胖國王、南瓜村村長、西瓜村村長、小侍從亞福、飛飛將軍等可愛的人物和他們所發生的小故事，從中帶出「誇張」、「反語」、「借代」等修辭手法。方老師的故事妙趣橫生，學生便能在不知不覺間學習到各種修辭手法的好處。

方老師是個有趣的人，善於說故事，她說故事每每繪影繪聲，說笑話都令聽者前仰後合。和她相處是一種樂趣，看她的文章是一件賞心樂事。方老師一向重視啟發學生的創意，這本書用新穎的手法，實際的示範，把理論和實踐結合起來，是個很好的嘗試。

陳家偉博士
優才書院校長

序二

「結繩為治」是上古人類未有文字以前用作雛形記憶或矇矓法律的印記。文字是一個民族能否上接祖先教誨並學習其智慧，下啟歷史承傳，以至光大族羣，發揚國家文化精髓的紐帶；而修辭是文字得以流傳的主要推手，文學的純美、歷史之質樸、文化的厚重，全仗修辭和語法所帶來的瑰麗與規劃，令文字的流傳在不同的框架下變得多彩多姿，這是方淑莊老師撰寫《看故事學修辭》這套圖書的原因。

最近常在不同場合遇到不同界別的朋友，彼此不約而同的話題，都在探討香港學生的語文程度問題。誠然，自孩童時代培養語文能力的要素莫過於閱讀，而引起他們閱讀興趣的作品內容，不獨能引導莘莘學子於形而上的漫遊中探索現實社會的世道，更能從文學技巧、

修辭句飾中學習，反復在明喻、暗喻、借喻、對比、擬人、誇張等例子中，由陌生至熟稔，再至善用其法。這更是方淑莊老師出版這套圖書的主要原因。

修辭國饞嘴的胖國王雖然往往詞不達意，甚至心不在焉地被周邊的人取笑為「傻國王」，但他往往留意對比，作為任用手下的標準；又關心受災的村民，並盡力協助他們渡過難關。不擅用詞的西瓜村村長固未能率領殷勤的村民取得每月大獎，他絕頂聰明的演繹表白得不到國王嘉許，未免不是他未懂運用修辭的「福氣」了！

楊永安博士
香港大學中文學院副教授

作者自序

小時候，我很怕學修辭，總覺得它枯燥乏味。對求學時的我來說，學習修辭只有一個要訣：背誦。每學到一種修辭格，我會先背誦其本義，再從書本中找來一些句子，然後牢牢記住。考試前幾天，媽媽總拿着課本，逐一考我，「什麼是比喻？」「什麼是借代？」我當然不負所望，有如「唸口簧」般，一字不漏地背誦出來。說來容易，卻是吃下不少苦頭。

修辭在語文教學中佔重要的一環，讀說聽寫都離不開修辭，而當中它與寫作的關係最大。在文章中恰當地運用不同的修辭，能修飾文句，提高表達效果，讓文章呈現出一種動人的魅力，引起讀者閱讀的興趣。學習修辭非常重要，這是毋庸置疑的，可是要讓孩子輕鬆地學會修辭，絕非易事，但這正是我的目標。

坊間有關修辭的參考書多不勝數，但多以「講解」、「辨識」為主，對小學生來說，未必適合，而盲目的操練更是事倍功半。長此下去，修辭跟生活的距離只會越來越遠，變得越來越乏味。要孩子輕鬆地學習那些既複雜又抽象的修辭格，我認為讀故事是最好的方法。本系列兩冊圖書，共以十個圍繞着胖國王的故事，深入淺出地介紹十個常見的修辭格，通過生動、有趣的情節，讓孩子能寓學習於娛樂，輕鬆地學習各修辭的本義、用法，並從中感受其帶來的效果，書中更附設適量的練習，以鞏固所學。希望小讀者會喜歡書中每一個故事，讓學習修辭變得更有趣味。

方淑莊

明喻的故事

救救胖國王

「嗚——嗚——嗚——」修辭國響起緊急警報。昨晚，尊貴的胖國王被人綁架了，王后焦急得如熱鍋上的螞蟻，坐立不安，軍隊們四處巡邏，並在四周貼出啟事，通知國民合力尋找胖國王。

在一個荒島上，可憐的胖國王終於醒了過來，他揉了揉眼睛，發現自己正身處一間小屋內。他走出屋外看看，眼前就只有一片汪洋大海，小屋背後，是一個望不見盡頭的樹林。島上渺無人煙①，幸好，小屋裏放着

釋詞 ① **渺無人煙**：迷茫一片，沒有人，形容環境很荒涼。

好幾盤食物，足夠他吃好幾天。

胖國王看起來似乎不太在意，他滿有自信地說：「沒關係！反正我的軍隊很快就會前來救援，桌上的食物也足夠我吃個飽了！」胖國王摸摸自己那個大得像西瓜的肚子，然後就躺在椅子上睡覺，懶洋洋地度過了一天。

第二天早上，胖國王坐在小屋門前，一面吃着餅乾，一面眺望着大海，等待士兵們前來。可是，等了很久，還沒有任何船隻駛來，他不禁有點兒失落。桌上的食物已經吃得七七八八了，胖國王開始感到焦急。隔天，他比之前更早一點起牀，然後便來到海邊等待軍隊到來。可是一天快將過去，還未

見軍隊的蹤影，他只好返回小屋休息。就在這時，海上漂來了幾個空瓶子，他靈機一觸，心想：我可以學習哥倫布，用空瓶子來寄信啊！他馬上找來了紙和筆，寫了一封信，塞進瓶子裏，然後把它放到水裏去。

瓶子好像一輪輕快的小船，隨風漂浮。它漂呀漂，終於漂到了沙灘上，被一對在海邊散步的老夫婦發現了，他們打開一看，知道是國王的信，就馬上交到王宮去。

親愛的王后：

我被困在一個渺無人煙的小島上，島上只有小屋、樹和花，快來救我！

國王字

當王后看完國王的信後，王宮裏一下子變得人才濟濟[1]，什麼天文學家、地理學家、占卜師等都被傳召來了。王后把信讀了出來，然後便命令大臣們馬上找出胖國王的位置。可是，竟然沒有一人能想到國王身在何處。「國家的荒島太多了，而且到處都是樹和花呢……」一位大臣戰戰兢兢[2]地說道，王后只好吩咐軍隊們繼續漫無目的地尋找國王。

天氣越來越冷，飢寒交迫[3]的胖國王還能挺過來嗎？等了好幾天還是音信全無，他開始感到絕望了，心想：難道我要餓死在這裏嗎？胖國王餓得迷迷糊糊的，他用盡最後

釋詞
① **人才濟濟**：很多有才能的人聚在一起。
② **戰戰兢兢**：因害怕而微微發抖的樣子。
③ **飢寒交迫**：感到又餓又冷。

的力氣，再次寫下了一封信，放進瓶子裏。

國王的瓶子信又再在水裏隨風漂流，這次漂到了一個漁夫的家，漁夫把信交到王宮去。

親愛的王后：

我一整天沒有吃東西，快沒氣力了。眼前的幾棵大樹像一隻隻雞腿，花兒好像一塊塊甜甜的蝴蝶酥，我很想一口把它們吃掉啊！

國王字

地理學家泰來看了國王的信，迫不及待[1]地説道：「是南邊的蝴蝶島！」將軍趕快率

釋詞 ① 迫不及待：急得不能等待，形容心情急切或形勢緊迫。

領軍隊前往，果然發現了胖國王，餓得半死的胖國王終於都得救了！

胖國王成功被營救，全賴聰明的地理學家泰來。一時之間，他成為了全國的英雄。

小朋友，你知道他憑什麼線索找回胖國王嗎？

以下是記者跟泰來做的訪問：

記者：你是怎樣知道胖國王所在的位置呢？

泰來：都是我們的國王機智，是他在信裏告訴我的。

記者：在信裏說了？怎麼我們都看不出來？

泰來：看第一封信的時候，我的確是想不到國王所在的地方，但在第二封信中，國王把自己看到的景象都清楚說出來了。國王說：「花兒好像一塊塊甜甜的蝴蝶酥」，這讓我馬上想到蝴蝶花了，這種花非常罕有，就只有蝴蝶島才有呢！

誰會想到胖國王得救，不是因為他聰明，不是因為他幸運，而是因為他饞嘴①。

釋詞 ① **饞嘴**：指貪吃。

原來在這個故事中，飢餓的胖國王不知不覺間在寫給王后的信裏運用了明喻這修辭手法。

什麼是「明喻」？

「明喻」是比喻的一種。明喻句分為本體、喻詞和喻體三個部分。

本體：是被比喻的事物，就是本來存在的東西。
喻詞：常用「像、好像、如、彷彿」等詞語，表示「相似」的意思。
喻體：是打比方的事物，就是想像出來的東西。

當一樣東西跟另一樣東西相似，我們就可以用喻詞把兩者連繫，這就是明喻了。

例子：
眼前的幾棵大樹（本體）*像*（喻詞）*一隻隻雞腿*（喻體）。

喻體是怎樣想出來的？

1. 一個好的喻體，必須是人們熟悉的事物，這樣才能把抽象的事物變得具體。
2. 要找出事物之間的共通點，即是相似的地方，可以是在外形上，也可以是功能、性質等方面。

運用「明喻」有什麼好處？

明喻是比喻的一種。運用比喻來描寫事物，可以把抽象的事物變得具體，把深奧的道理變得淺顯，令事物形象鮮明生動，有助加深讀者的印象，使人易於理解。

一、故事中有很多明喻句，你能把它們找出來嗎？把答案寫在橫線上。

1. 王后焦急得如 ________________

________________，坐立不安。

2. 胖國王摸摸自己那個大得像 ________________

________________，然後就躺在椅子上睡覺。

3. 瓶子好像 ________________

________________，隨風漂浮。

二、在上題這些明喻句中，你能把本體、喻詞和喻體分辨出來嗎？本體和喻體之間又有什麼共通點呢？請參照例題，在空格裏填上答案，完成下面的表格。

	本體	喻詞	喻體	共通點
例	王后	如	熱鍋上的螞蟻	焦急得
1.		像	西瓜	
2.			一輪小船	輕快的

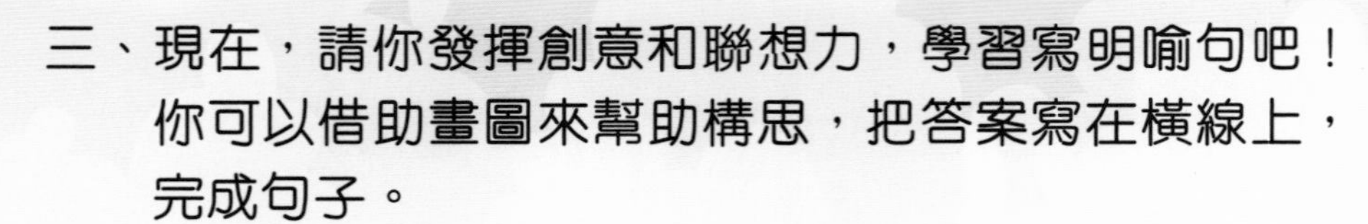

三、現在，請你發揮創意和聯想力，學習寫明喻句吧！你可以借助畫圖來幫助構思，把答案寫在橫線上，完成句子。

1. 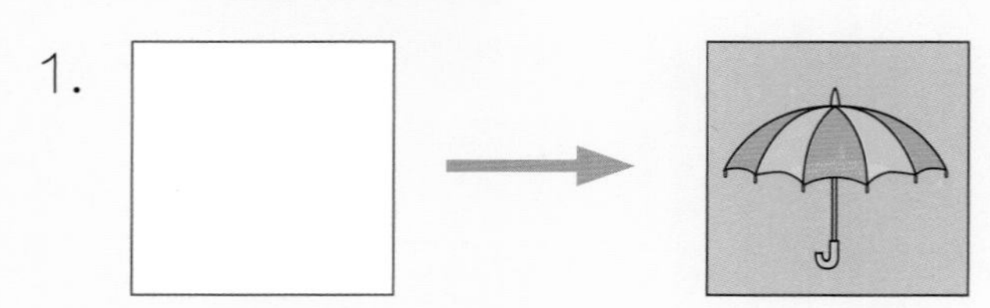

__________ 像一把大傘子，為途人遮風擋雨。

2. 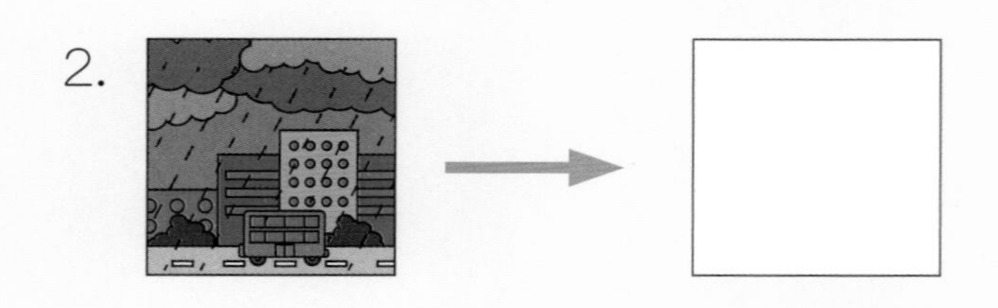

雨水好像一個 __________ ，把街道都洗刷乾淨了。

3. 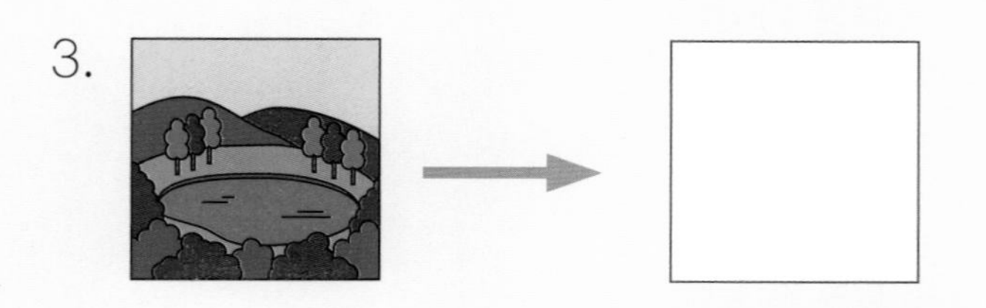

湖面平滑得像一面 __________ ，讓我們清楚看見樹的倒影。

創意指數： ☆☆☆☆☆

（請家長或老師評分。）

莎莎公主的派對

今天是莎莎公主的八歲生日，胖國王為她舉行了一個盛大的生日會。平日足不出户的莎莎公主非常期待這天的來臨，因為一年中就只有這天，她可以跟朋友聚會。冷清清的王宮變得熱鬧起來，公主殿裏掛滿七色的彩帶，士兵們穿上整齊的制服，揮動着彩旗。一大清早，莎莎公主就穿上漂亮的裙子，戴上閃閃發亮的王冠，準備迎接這個盛會。修辭國的大臣，和鄰國的王子、公主都陸續帶着禮物來了，他們一起唱歌、跳舞，

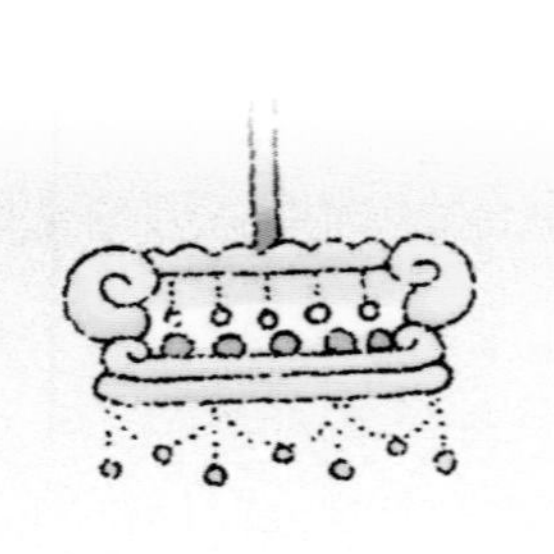

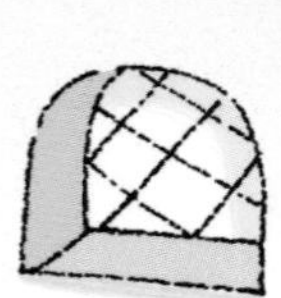

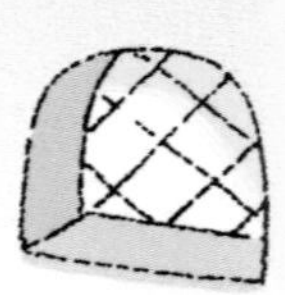

度過了愉快的一天。

太陽伯伯慢慢地走到山後，賓客們也漸漸離開了，公主殿裏就只剩下莎莎公主和一大堆的禮物。她一面看着牆上的月曆，一面數着，數着：「還有三百六十五天……」她的話裏顯然帶着失望。

天上的星星一閃一閃的，對着莎莎公主眨着眼睛，提醒她是時候睡覺了。她抱着她心愛的小狗——雪雪，仰望着星空，默默地許下她的生日願望：「天神呀！求你賜給我很多很多的朋友，讓我可以擁有一個愉快和熱鬧的晚上。」她的話被王宮裏的一個小巫師聽到了。

小巫師很喜歡莎莎公主，他很想為公主實現這個願望。他在公主的房門外灑上魔法粉，施了一個咒語，房間裏馬上出現了一道

強光，莎莎公主只看到白茫茫的一片。她感受到房間的物品跟平日有點不一樣，她揉了揉眼睛，仔細看清楚，房間裏的一切都彷彿有了生命。

小狗雪雪一聲令下，說：「派對開始！」房間裏的所有物品便馬上動起來了！音樂盒上的小孩子立刻拚命地轉個不停，奏出柔和悅耳的音樂；時鐘上的秒針高興得跑來跑去，給大家打着拍子。一個熱鬧

的派對正式開始了！

貪玩的熊寶寶睜大眼睛，不願睡覺，嚷着要參加派對；玩具箱裏的小木偶好奇地探出頭來，正當他想走出來的時候，卻發現自己沒有穿衣服，只好躲回去了；洋娃娃穿着一條鑲滿寶石的裙子，正等待王子邀請她跳舞。

莎莎公主高興極了，到處招呼賓客，忙得不亦樂乎①，窗外的蝴蝶姐姐也前來湊湊熱鬧，看着大家載歌載舞。

快樂的時光總是過得特別快，轉眼已是夜深了。風姐姐用力地呼一口氣，把窗台上的小蠟蠋吹熄了。莎莎公主躺在牀上，快要入睡了，她喃喃自語②地說：「感謝天神為

釋詞

① **不亦樂乎**：表示極度、非常盡興的意思。
② **喃喃自語**：連續不斷地細聲說話。

我達成願望，賜給我很多朋友，我很喜歡這個又愉快又熱鬧的晚上。」

幸好得到小巫師的幫助，莎莎公主才可以願望成真，度過一個又愉快又熱鬧的晚上。

究竟小巫師施了什麼魔法呢？小記者跟他做了一個訪問。

小記者：小巫師，你是怎樣幫助莎莎公主達成願望的呢？

小巫師：我施了一個特別的魔法，叫擬人法。

小記者：真厲害！可以為我們介紹一下擬人法嗎？

小巫師：我的魔法粉可以給予所有事物生命，讓它們像人一樣，有思想、有感情，公主就可以擁有很多朋友了。

莎莎公主能夠願望成真，擁有很多朋友和一個愉快的晚上，原來全靠擬人這修辭手法。

什麼是「擬人」？

「擬人」是把物件當作人來寫。除了動物和死物外，擬人還可以用於一些抽象的概念上，使它更為具體。擬人可以運用於個別的句子之中，還可以運用於整篇文章當中，例如童話、寓言和神話故事等。很多熟悉的故事如《龜兔賽跑》、《貪心的小狗》，就是運用了擬人，故事中的小動物像人一樣會說話，會思考，也有感情。

怎樣使用「擬人」？

1. 讓事物懂得說話和思考，如：
   *小狗雪雪一聲令下，**說：「派對開始！」***
2. 讓事物有人的行為，如：
   *太陽伯伯**慢慢地走到山後**。*
3. 讓事物有人的性格，如：
   ***貪玩的**熊寶寶睜大眼睛，不願睡覺，嚷着要參加派對。*

運用「擬人」有什麼好處？

運用擬人能使抽象的事物具體化，令動物、植物，甚至沒有生命的物件都能生動起來。這樣，不但能增強語言的鮮明性、形象性，讓說話更具感染力，還可以讓讀者對描繪的事物有更深刻的感受，更能體會當時的氣氛。如把擬人法運用於整個故事當中，可以令角色更為親切、生動，增強故事的吸引力。

修辭練習

一、故事中有很多擬人句，你能把它們找出來嗎？請根據故事完成下面的句子，並用 ～～～ 把故事中的其他擬人句標示出來。

1. 天上的星星 ____

____。

2. 時鐘上的秒針 ____________________________________，給大家打着拍子。

3. 風姐姐 ____，把窗台上的小蠟燭吹熄了。

二、現在，請你發揮創意和聯想力，寫出有趣的擬人句吧！根據圖畫，把答案寫在橫線上，完成句子。

1. 春天到了，小草 ______________________________

____。

2. 鬧鐘 ________________________________

________________________，把弟弟吵醒了。

3. 小老鼠一看見大花貓，________________

____________________________________。

創意指數：☆☆☆☆☆

（請家長或老師評分。）

我要讓你聽清楚

最近，胖國王的精神不太好，在會議上經常心不在焉[①]，他有時面無表情，呆若木雞；有時緊閉雙目，像在思考。有幾次，大臣們向他匯報後，正等着他的回覆，可是靜候了很久，胖國王依然不發一語，王宮裏頓時鴉雀無聲[②]，大家都不肯定國王是在思考，還是睡着了，所以不敢打擾他。直至有

釋詞

① **心不在焉**：形容不專心。
② **鴉雀無聲**：形容非常安靜。

人忍不住向他再次提問，他才說：「你說什麼？再說一次吧！」就是這樣，耽誤了很多寶貴的時間。

到了冬瓜村村長發言的時間了，他對胖國王說：「冬瓜村近日發生嚴重水災，農田都被淹沒了，村民都沒有飯吃，生活過得好苦啊！」胖國王沉默了一會，說：「你剛才說誰沒飯吃呢？」冬瓜村村長回應道：「是我們的村民啊！」怎料，胖國王又問：「為什麼村民不吃飯呢？」國王的回應把冬瓜村村長氣得半死，他知道國王根本就是心不在焉，沒有仔細聽，也沒有找到話裏的重點。

冬瓜村村長顯得非常着急，因為水災令冬瓜村村民的農田都被淹浸了，沒有收成，生活很艱難，他急需國王批准撥款賑災，讓村民渡過難關。這件十萬火急的事情，絕對

不能怠慢，所以他務必要想出一個辦法，讓國王聽得清楚。

「胖國王，冬瓜村近日發生嚴重水災，農田都被淹沒了，村民都沒有飯吃，生活過得好苦啊！胖國王，冬瓜村近日發生嚴重水災，農田都被淹沒了，村民都沒有飯吃，生活過得好苦啊！胖國王，冬瓜村近日發生

嚴重水災，農田都被淹沒了，村民都沒有飯吃，生活過得好苦啊……」為了讓胖國王聽清楚他說的話，冬瓜村村長把話重複說了好幾次，想儘快得到國王的回覆。胖國王被他的話煩得生氣了，便大聲喝止他，並對他說：「你是傻了，還是在戲弄本王？為什麼把話不停地重複？要是敢對本王沒禮貌，我

就會重重懲罰你！」大家都被胖國王的話嚇壞了，生怕惹怒國王而被懲罰，紛紛不敢作聲。

會議上又再次出現鴉雀無聲的情況了，冬瓜村村長急得發慌，為了村民着想，他務必要想出個辦法來。他知道自己正處於一個兩難的局面，只把話説一遍，胖國王總是神不守舍①，像是沒聽見；把話重複地説，又會令人感到煩厭，也令胖國王生氣，這實在無補於事②。

這時，他想到一個很好的辦法，為了突出説話的重點，他決定只把最重要的詞語或句子重複，讓胖國王更能注意到他的話。

釋詞

① 神不守舍：指心神不定。
② 無補於事：指對事情沒有幫助。

「胖國王，冬瓜村近日發生非常嚴重的水災，洪水浸得越來越高，越來越高，農田都被淹沒了，村民都沒有飯吃，生活過得好苦，好苦。」胖國王聽到「洪水浸得越來越高」、「村民生活過得好苦」，馬上回過神來了，樣子也顯得緊張起來。

冬瓜村村長繼續説：「我們村需要大量食物，希望國王可以儘快批准發放物資，好

讓我們渡過難關，渡過難關。」「對！要協助你們渡過難關！」胖國王肯定地說。

胖國王馬上命人準備了很多物資，請冬瓜村村長帶回村裏去，臨別前，更委託他對村民說：「不要放棄！只要你們同心合力，一定可以解決困難，不要放棄！」

冬瓜村村長用了反復的修辭手法，令胖國王聽清楚他的話，注意到他話中的重點，成功為村民爭取到物資，渡過難關。

什麼是「反復」？

反復是有意地重複某個詞語或句子，作強調之用。

「反復」有哪些類別？

反復可分為兩個類別，一是連續反復；二是間隔反復。

連續反復的例子：

*我們村需要大量食物，希望國王可以儘快批准發放物資，好讓我們****渡過難關，渡過難關****。*

「渡過難關」連續出現，就是連續反復。

間隔反復的例子：

***不要放棄**！只要你們同心合力，一定可以解決困難，**不要放棄**！*

「不要放棄」分隔地重複出現，就是間隔反復。

運用「反復」有什麼好處？

反復可以突出重點的語句，加強句子的語氣，表達強烈的情感。

修辭練習

一、請先圈出以下句子中需要強調或突出的部分，再把句子改成反復句。

例：冬瓜村近日發生非常嚴重的水災，洪水浸得 越來越高 。

冬瓜村近日發生非常嚴重的水災，洪水浸得越來越高，越來越高。

1. 快看！這隻小狗多可愛啊！

____

2. 救命啊！大樹快要倒塌下來了。

____

____

3. 他走着，不知不覺已到達目的地了。

____

____

4. 看見運動員越跑越快，啦啦隊馬上揮動手上的彩球。

____

____

二、以下哪些是反復句？是的，請在方格內加上 ✓；不是的，請加上 ✗ 。

1. 公園裏長滿了鮮花，紅的、黃的、紫的，到處色彩豔麗。 ☐
2. 媽媽把家裏打掃得乾乾淨淨。 ☐
3. 房間裏靜悄悄的，靜悄悄的，一個人也沒有。 ☐
4. 草原上有幾所房子，左面是豬大哥的家，右面是豬小弟的家。 ☐
5. 三年了，三年了，我們已有三年沒見面了。 ☐
6. 真有趣啊！天空中的雲朵頓時變成了一隻隻綿羊，真有趣啊！ ☐

誇張的故事

出色的南瓜村村長

在修辭國裏，有兩條繁榮的村莊，那裏雨水充足，農作物豐盛，深受胖國王的重視。由於一條村盛產南瓜，一條村盛產西瓜，於是胖國王把它們分別命名為南瓜村和西瓜村。饞嘴的國王要求兩位村長每個月都要帶着特色的食物到王宮一趟，一來可以向他匯報村裏的情況；二來可以讓他嘗到用南瓜和西瓜製作的美食。

對於匯報一事，西瓜村村長心裏一直懷着疑問。過去一年，在每一次匯報後，他發

現南瓜村村長總是得到國王很多賞賜，馬車上的禮物堆得比山還要高，名貴的布匹、美酒佳肴[1]、金銀珠寶……應有盡有。相反，他卻是兩手空空，什麼也沒得到。他心裏又好奇又嫉妒，但礙於面子，他不敢向人發問。

今天又是匯報的大日子，西瓜村村長打扮得精神奕奕，帶着一大盤美味的西瓜果凍，戰戰兢兢地走進王宮去了。幾天前，他已命令廚子挑選最好的西瓜，專心鑽研特色的美食，同時，他也把要報告的事情背得滾瓜爛熟[2]，希望可一嘗受獎賞的滋味。

「國王，這是我命廚子為你挑選最好的

釋詞

① **佳肴**：精美的菜式。
② **滾瓜爛熟**：形容讀書或背誦得很流利、純熟。

西瓜來製作的西瓜果凍，西瓜清甜，果凍香滑，希望你會喜歡。」西瓜村村長一面說，一面向國王呈上甜品。

「我每天辛勞工作，西瓜村發展迅速。在我的領導下，農田今年大豐收，西瓜種得又圓又大，產量很高。上星期天的晚上，天突然颳起大風，打着雷，我帶領村民冒着風

雨，連夜架起帳篷，才不致造成損失。」西瓜村村長純熟地説着。國王聽罷點點頭，便打發他離開王宮，西瓜村村長的期望再一次落空了，只好失望而回。

在回家的途中，他越想越是不服氣，腦子裏纏繞[①]着一個問題：他很想知道南瓜村村長有沒有得到國王的獎賞。於是，他走到南瓜村的村口前，躲了起來，等待着南瓜村村長回來。

「叮叮咚咚——叮叮咚咚——」侍衞們打着鑼鼓陪伴南瓜村村長進村了，只見他神氣地坐在馬車上，車上載着的禮物箱擠得滿滿的，連針也插不進去了，村民們高興地歡迎着村長回來，場面非常熱鬧。

釋詞　① **纏繞**：糾纏，牽絆。

西瓜村村長知道南瓜村的發展跟西瓜村差不多，但自己卻得不到賞賜，他生氣得七孔生煙，心想：這個狡猾的南瓜村村長，一定是向國王説謊話來騙取獎賞了。他決定要在下一次匯報時向國王告發他。

轉眼間，又到了第二次匯報的日子了，西瓜村村長如常悉心打扮，帶着美食進入王宮，完成匯報後，便悄悄地躲到門外的草叢旁邊，準備偷看南瓜村村長向國王匯報的情況，他專心地聽着南瓜村村長説話，等待時機一到，就會走出來當面指正他。

南瓜村村長進來了，他先向國王呈上一盤南瓜布丁，並高聲地説：「國王，這是我命廚子為你炮製的南瓜布丁，南瓜清香無比，連王宮外面的人也聞到它的香氣；布丁是由新鮮的牛奶做的，滑得連蒼蠅也站不住

明喻
擬人
反復
誇張
反問

了。」國王展露出期待的眼神，想一口就把整盤布丁吞下去，躲在門外的西瓜村村長也被吸引得垂涎三尺[1]了。

「我每天不眠不休地工作，南瓜村發展得很好，在我的領導下，南瓜今年大豐收，產量很高，村民們忙得廢寢忘餐[2]。昨天凌晨，天突然颳起大風，大樹幾乎被吹得連根拔起，路邊的石頭也被吹起，只差分厘就把我擲中了。天上的閃電強勁得把夜空劃成兩邊。當時到處漆黑一片，伸手不見五指，我帶領村民冒着風雨，連夜架起帳篷，力保南瓜田不失，我們也從死裏逃生。」南瓜村村

釋詞

① 垂涎三尺：看見了美食而流口水，形容非常貪吃的樣子。

② 廢寢忘餐：形容非常努力工作，連睡覺和吃飯都顧不上。

長手舞足蹈地說着。國王聽得緊張起來，雙手緊握着拳頭，連聲說道：「真是驚險！真是驚險！」

這時，西瓜村村長也聽得入神，一不小心掉進泥窪裏，弄得滿身是泥。他終於明白，南瓜村村長並沒有說謊，他之所以能得到國王的賞賜，是因為他的演說很精彩。

小朋友，你知道南瓜村村長成功的原因嗎？

修辭小教室

南瓜村村長巧妙地運用誇張手法，把村裏發生的事說得非常精彩，令胖國王和西瓜村村長也聽得入神。

什麼是「誇張」？

誇張是把客觀事物或現象的特點加以誇大或縮小，可以突出或強調事物的特徵，增強感染力。使用誇張手法時，要以客觀事實作為基礎，不能無中生有，也要用得明確和顯著，不要與真實的情況混淆。

「誇張」有哪些類別？

誇張可分為擴大和縮小兩類：

擴大是將描寫對象的特點向大、高、快、強、深、長、多等方面擴大。

縮小是將描寫對象的特點向小、矮、慢、弱、淺、短、少等方面縮小。

擴大的例子：

南瓜今年大豐收，產量很高，村民們忙得廢寢忘餐。

南瓜村村長擴大了村民們忙碌的程度。

縮小的例子：

路邊的石頭也被吹起，只差分厘就把我擲中了。

南瓜村村長把自己跟石頭的距離縮小。

運用「誇張」有什麼好處？

誇張可以突出事物的特徵，抒發強烈的感情，引起讀者的想像，讓人留下深刻、鮮明的印象。

一、故事中有很多誇張句，你能把它們找出來嗎？請根據故事完成下面的句子，並用 ～～ 把故事中的其他誇張句標示出來。

1. 馬車上的禮物堆得比 ________________ 。

2. 車上載着的禮物箱擠得滿滿的，________________

________________ 。

3. 南瓜清香無比，________________

________________ 。

二、「誇張」可分為擴大和縮小兩類，看看下面的句子，你能把它們分辨出來嗎？請把正確答案圈起來。

1. 香港是彈丸之地，卻住着很多人。　（擴大 / 縮小）

2. 他的聲音十分響亮，十公里外都能聽見。　（擴大 / 縮小）

3. 哥哥是個運動健兒，跑步快如閃電。　（擴大 / 縮小）

4. 我家和學校只有一步之遙，不用乘搭校車了。　（擴大 / 縮小）

三、西瓜村村長也很想得到胖國王的賞賜，你能用誇張手法修飾一下他以下幾句話嗎？試在橫線上寫出來。

1. 我每天辛勞工作，西瓜村發展迅速。

____

______________________________。

2. 農田今年大豐收，西瓜種得又圓又大，產量很高。

____

______________________________。

3. 天突然颳起大風，打着雷，我帶領村民冒着風雨，連夜架起帳篷，才不致造成損失。

____

____

______________________________。

反問的故事

不再是傻國王

過幾天就是聖誕節了，胖國王被邀請出席鄰國的聖誕晚會。收到邀請卡時，他感到非常興奮，他心想：我又可以在晚會上盡情品嘗各國的美食了，上一次的拿破崙蛋糕令人垂涎三尺。可是，興奮過後，他又變得緊張起來，因為他在上一次的晚會上分不清梅花和桃花，被人在背後取笑做「傻國王」。

為了不要再丟失面子，國王決定

帶一位最有學問的大臣——亞克一同前往這次聖誕晚會，並吩咐亞克要盡力協助他。

一到達晚會會場，胖國王便跟幾個國王圍在一起說笑談天，而亞克就站在胖國王身後全神貫注[①]地聽着國王們的對話，就像一個在戰地中隨時候命的士兵。

晚宴開始之前，國王們都喜歡聚在一起，討論不同的大事，上至天文，下至地理，無所不談。亞克知道胖國王為人率直，記性又不好，擔心他會因失言或應對不了而鬧笑話，因此，他把所有問題都搶着來回應。大家都覺得很奇怪，胖國王也只好呆呆地站着，顯得有點兒尷尬。看到這樣的情景，大家都感到莫名奇妙，心想：難道胖國王喉嚨

釋詞 ① 全神貫注：集中精神。

疼，不能說話？

胖國王有點生氣，他把亞克拉到一旁，對他說：「你為什麼把所有問題都回應了，不讓我說話？這不是讓人更覺得我是『傻國王』嗎？」他命令亞克不要再搶着說話。

這時，會場內的鋼琴家彈奏起美妙的樂曲，晚宴開始了。國王們一面吃着美食，一

面互相吹噓[1]。亞克擔心胖國王會生氣，於是他不敢再說話了，只是默不作聲地站在國王的背後。

「我的王宮裏收藏了一個全世界最名貴的花瓶。」句式國國王驕傲地說。

「我在王宮裏建了一個黃金堆砌的城門。」部首國國王也不甘示弱[2]。

「論科技，還是我們國家最厲害，我國發明了用『米田共』來發電。」標點國國王說完，便把目光投放在胖國王身上，等待着他說話。

胖國王不知道什麼是「米田共」，便跟亞克打了一個眼色，示意由他來回答。可是亞克以為胖國王只是提醒他不要自作聰明，於是輕輕點了一下頭，便繼續沉默起來。胖國王拿他沒辦法，只好硬着頭皮來回應，他用手抹抹嘴角上的奶油，急忙回應道：「那……那些名貴的花瓶、黃金城門，我們早就有了。至於那個『米田共』……」他聽見一個「米」字，就以為是跟米飯有關，便說：「那個『米田共』嘛，不但可以發電，還很好吃呢！前幾天，我才吃過，味道不錯，味道不錯！」旁邊的人都忍不住笑了，大家都想不到胖國王竟然說出這樣的話來。

看見大家都在捧腹大笑[3]，胖國王估計自己又闖禍了，頓時滿臉通紅。他又把亞克拉到一旁，嚴厲地對亞克說：「我已經給了

釋詞

① 吹噓：誇大地說自己或別人的優點，有時甚至是無中生有。

② 不甘示弱：不願意比人落後。

③ 捧腹大笑：捧着肚子在大笑，形容遇到非常可笑的事，笑得不能抑制。

你暗示，你怎能站在一旁默不作聲？難道你不知道我帶你來晚會的目的嗎？要是我再失面子，你也不會好過！」他沒有給亞克解釋的機會。

可憐的亞克覺得很為難，他心想：不是胖國王要我不要說話嗎？為何現在又責怪我不說話呢？但為了不讓國王生氣，他總要想出一個兩全其美的辦法，不能直接說出答案，又能暗中給胖國王一點提示。國王們繼續邊吃邊說話，亞克也似乎想到解決辦法了，他決定用提問來給國王一些提示，於是，他又回到胖國王的身邊。

這時，狡猾的標點國國王故意再問胖國王：「你對這個『米田共』發電有什麼看法？再說說吧！」亞克馬上回應：「你們怎會忘記胖國王最愛開玩笑呢？」「國王，你

怎會不知道『米田共』就是糞便呢？」胖國王這時才知道「米田共」是什麼的一回事，趕緊接口說：「『米田共』就是糞便，糞便當然不能吃，用來發電也算不上什麼新科技了。」標點國國王很不服氣，他問：「那你們國家又用什麼來發電呢？」胖國王一時想不起來，顯得有點兒緊張，亞克便回應說：「胖國王，難道你忘記了王宮前面的一大塊太陽能發電板嗎？」聽到亞克的話，胖國王終於把事情記起來了，他滔滔不絕地向國王們介紹修辭國的新科技，為自己，為修辭國挽回一點面子。

這次晚會後，胖國王不再是「傻國王」了，沒有人察覺到亞克的問句是有提示作用，可以激發國王的思考，大家都認為胖國王是個很有學問的人。

亞克知道不可把答案直接告訴胖國王，便巧妙地運用反問，表面是提問，實際上是在提問中向胖國王暗示，表達確定的意思，成功讓他洗脫「傻國王」之名。

什麼是「反問」？

反問是無疑而問，用疑問句的形式來表達確定的意思，因此，發問者不期待得到回答。反問句的語氣較為強烈，形式上是疑問句，內容上是感嘆句。

「反問」有哪些類別？

反問可分為兩個類別，一是用否定來表示肯定；二是用肯定來表示否定。

用否定來表示肯定的例子：

國王，你怎會不知道「米田共」就是糞便呢？

亞克要表達的是胖國王知道「米田共」就是糞便。

用肯定來表示否定的例子：

你們怎會忘記胖國王最愛開玩笑呢？

亞克要表達的是國王們不會忘記胖國王最愛開玩笑。

運用「反問」有什麼好處？

反問有助加強語氣，使句子語氣更強烈、有力，也可以增強說話的感染力。

一、故事中有反問句，也有疑問句，你能把它們分辨出來嗎？請把正確答案圈起來。

1. 難道胖國王喉嚨疼，不能說話？ （反問／疑問）

2. 你為什麼把所有問題都回應了，不讓我說話？ （反問／疑問）

3. 這不是讓人更覺得我是「傻國王」嗎？ （反問／疑問）

4. 我已經給了你暗示，你怎能站在一旁默不作聲？ （反問／疑問）

5. 難道你不知道我帶你來晚會的目的嗎？ （反問／疑問）

6. 你對這個「米田共」發電有什麼看法？ （反問／疑問）

7. 那你們國家又用什麼來發電呢？　（反問 / 疑問）

8. 難道你忘記了王宮前面的一大塊太陽能發電板嗎？　（反問 / 疑問）

二、反問句經常以「難道」、「怎能」、「怎會」來發問，你能運用它們來寫反問句嗎？請把答案寫在橫線上，完成句子。

1. 你不能忘記父母對你的教導。

你怎能 ________________________________

____？

2. 暴力不能解決問題。

難道 __________________________________

____？

3. 你是我最好的朋友，我不會跟你計較。

你是我最好的朋友，____________________

______________________________？

4. 他只是一個五歲的小孩，你不能讓他獨留在家裏。

他只是一個五歲的小孩，____________________

______________________________？

答案

《救救胖國王》：（P.21 - P.22）

一、1. 熱鍋上的螞蟻

2. 西瓜的肚子

3. 一輪輕快的小船

二、

	本體	喻詞	喻體	共通點
例	王后	如	熱鍋上的螞蟻	焦急得
1.	胖國王的肚子	像	西瓜	大
2.	瓶子	好像	一輪小船	輕快的

三、1. 答案合理便可，參考答案：大樹

2. 答案合理便可，參考答案：清道夫

3. 答案合理便可，參考答案：鏡子

《莎莎公主的派對》：（P.33 - P.34）

一、1. 一閃一閃的，對着莎莎公主眨着眼睛

2. 高興得跑來跑去

3. 用力地呼一口氣

其他擬人句：

1. 太陽伯伯慢慢地走到山後。
2. 小狗雪雪一聲令下，說：「派對開始！」
3. 音樂盒上的小孩子立刻拚命地轉個不停，奏出柔和悅耳的音樂。
4. 貪玩的熊寶寶睜大眼睛，不願睡覺，嚷着要參加派對。
5. 玩具箱裏的小木偶好奇地探出頭來，正當他想走出來的時候，卻發現自己沒有穿衣服，只好躲回去了。
6. 洋娃娃穿着一條鑲滿寶石的裙子，正等待王子邀請她跳舞。
7. 窗外的蝴蝶姐姐也前來湊湊熱鬧，看着大家載歌載舞。

二、1. 答案合理便可，參考答案：探出頭來，跟太陽伯伯打招呼
　　2. 答案合理便可，參考答案：大聲呼叫
　　3. 答案合理便可，參考答案：便嚇得呆住了，一動也不敢動

《我要讓你聽清楚》：（P.45 - P.46）

一、1. 快看！快看！這隻小狗多可愛啊！
　　2. 救命啊！救命啊！大樹快要倒塌下來了。
　　3. 他走着，走着，不知不覺已到達目的地了。
　　4. 看見運動員越跑越快，越跑越快，啦啦隊馬上揮動手上的彩球。

二、1. ✗　2. ✗　3. ✓　4. ✗　5. ✓　6. ✓

《出色的南瓜村村長》：（P.58 - P.59）

一、1. 山還要高

2. 連針也插不進去了

3. 連王宮外面的人也聞到它的香氣

其他誇張句：

1. 布丁是由新鮮的牛奶做的，滑得連蒼蠅也站不住了。
2. 我每天不眠不休地工作，南瓜村發展得很好。
3. 南瓜今年大豐收，產量很高，村民們忙得廢寢忘餐。
4. 天突然颳起大風，大樹幾乎被吹得連根拔起。
5. 路邊的石頭也被吹起，只差分厘就把我擲中了。
6. 天上的閃電強勁得把夜空劃成兩邊。
7. 當時到處漆黑一片，伸手不見五指。
8. 我帶領村民冒着風雨，連夜架起帳篷，力保南瓜田不失，我們也從死裏逃生。

二、1. 縮小

2. 擴大

3. 擴大

4. 縮小

三、參考答案：

1. 我每天不眠不休地辛勞工作，西瓜村發展迅速。
2. 農田今年大豐收，西瓜種得又圓又大，有成千上萬的產量。

3. 天突然颳起大風，打着雷，風大得幾乎把我吹起，雷聲大得把我震聾了，我帶領村民冒着風雨，連夜架起帳篷，才不致造成損失，真是死裏逃生。

《不再是傻國王》：（P.71 - P.73）

一、1. 反問
2. 疑問
3. 反問
4. 反問
5. 反問
6. 疑問
7. 疑問
8. 反問

二、1. 忘記父母對你的教導呢
2. 暴力能解決問題嗎
3. 我怎會跟你計較呢
4. 你怎能讓他獨留在家裏呢